KB211818

아빠의 정원   권송연 드로잉 산문집   북노마드

아빠의 정원

권송연 드로잉 산문집

아빠의 정원

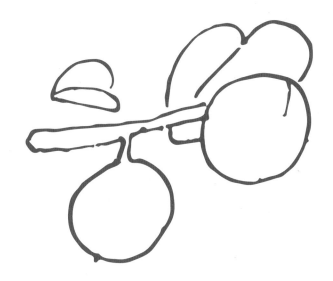

북노마드

계절을 닮은 당신 두 손에

아빠가 가꾸고

딸이 그려 담은

작은 정원 기록물

차례

들어가며

아빠의 나이테가 되어,

작은 정원에서 산책하듯 기록한 책으로,

채집한 풍경을 꺼내어 봅니다.

leaves

잎새

drawer

서랍

서랍 속에 넣어둔 오래된 사진 같은,

잎새의 시간들

깊은
밤

열입곱 살 소년은

서울에 홀로 상경해 공부하며 일했다.

책 속에 파묻힌 소년에게는 꿈이 하나 있었는데,

따뜻한 가족과 함께 모여 머물 수 있는

작은 집 하나였다.

기도

소중한 아이를 주시길 별에 기도했다.

판다
인형

아빠가 되던 해,

퇴근길에 작고 귀여운 판다 인형 하나를 샀다.

딸은 그 판다 인형을 품에 꼭 안고

여기저기 데리고 다니며 늘 함께했다.

숨바꼭질

아이는 집 안을 총총 돌아다니다가

아빠가 올 때가 되면 노란 빨래 바구니 안에 들어가

숨바꼭질하듯 아빠를 맞이했다.

어깨

그 시절 딸은 아빠의 어깨가 세상에서 가장 좋았다.

선물

아빠는 어린 딸에게

연필, 색연필, 사인펜, 크레파스, 곰돌이와 자동차 모양 지우개를

한가득 선물했다.

첫
그림
선생님

아빠는 이따금 그림을 그려주었다.

아빠가 처음 그린 건 작은 물고기였는데,

붕어빵을 닮은 물고기 그림이 딸은 참으로 좋았다.

어린 딸이 "또, 또!"를 외치자

아빠는 까만 모나미 볼펜으로 물고기를 한없이 그려주었다.

큰
자전거
노래

딸은 온갖 노래를 아빠의 나지막한 목소리로 익혔다.

<나비야>, <곱슬머리 내 동생>.

공테이프에 담긴 젊은 아빠와 어린 딸의 목소리는

참으로 다정했다.

오래된 카세트테이프 속에는

<큰 자전거> 노래를 불러달라는 딸과

<큰 자전거> 노래는 없다는 아빠에게

<자전거> 노래를 열심히 불러주던

어린 딸이 있었다.

그림

네 살.

색연필로 곱게 수놓은 딸의 그림에

아빠는 내내 마음이 무거웠다.

어느새 딸은 참새처럼 계속 그림을 찾고 있었고

그리고 있었다.

입학식

초등학교 입학식 날,

초록색 바바리를 단정히 차려입은 여덟 살 아이는 교문 앞에 섰다.

유난히 사진으로 남기는 것을 좋아했던 아빠와

사진 찍히는 것이 마냥 쑥스러웠던 딸.

그렇게 햇살에 찌푸린 뽀로통한 얼굴은

아빠의 카메라에 담겼다.

하곳길

아빠는 종종 회사 방학이라며

하교하는 딸을 데리러 왔다.

아빠 손을 잡고 집에 오는 길에는 문방구 앞 뽑기를 지나치는 날이 없었다.

첫날엔 지폐를 동전으로 바꾸었고

다음 날엔 미리 동전을 준비해왔다.

아빠와 함께 동전을 넣어 손잡이를 돌리고,

동그란 캡슐을 열어 장난감을 발견하는

순간이 마냥 좋았다.

친구들은

아빠들에게 방학이 언제냐며 물어댔다.

졸업식

열아홉 살 딸의 고등학교 졸업식.

학교 앞 어느 작은 가게 앞에 선 아빠는

여느 날처럼

곰 인형 두 개를 골랐다.

garden

안뜰

walk

산책

오래되고 작은, 붉은 벽돌 이층집

햇볕과 바람이 드는 소담한 마당을 품은 곳

안뜰에서 사부작사부작 마주한 이야기들

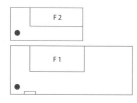

포도나무 Grapevine
2011, 흙 바람 비, 515×412cm

엄마의 고향에서 담아온

포도나무 종자는

어느새 이 층까지 뻗어나갔다.

여름날

포도가 알알이 열리는 풍경은

참으로 귀엽다.

엄마의
포도나무

자두나무 Plum Tree
2009, 흙 바람 비, 512×400cm

달콤한 자두가 열릴 때

무르익은 마음.

아빠가 담 밖에 내어둔 자두는

이웃에게 전하는 소박한 마음.

자두,
마음

사철나무 Spindle Tree

2011, 흙 바람 비, 10×15cm

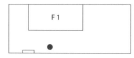

유독 초록의 잎을 좋아하는 아빠는

무성하고 부드러운 나무를 바라보며

내내 행복해했다.

그림은 생각과 마음을 담는 일이라

그리는 사람을 닮아가고

사람은 그림을 닮아간다 했다.

정원도 그림도 가꾸는 이를 닮아간다.

사철
나무

속삭이고 날아가는 새.

첫 번째
다녀간
손님

깊고 까만 밤하늘.

달콤한 열매가 익어가는 계절이면

이른 아침 들려오는

작은 새들 소리에

잠을 깬다.

꽃사과 Crab Apple
2009, 흙 바람 비, 72×300cm

말갛게 뽀얀 잎.

팝콘의 계절.

꽃사과가 익어갈 무렵이면

골목을 따라 산책하는

어린이집 꼬마들이 재잘재잘

열매 이름을 물으며 줄지어 지나간다.

꽃사과

두 번째
다녀간
손님

벌(Bee)

달콤함을 찾아

비잉 비-잉.

아이비 Common Ivy
2008, 흙 바람 비, 179×52cm

여름밤의 작은 덤불.

벽을 따라 줄을 지어 자라는 어린 아이비.

겨우내 작고 여린 잎을 머금은 푸른빛이

어느새 담을 둘러 무성해져 있다.

아이비

매실나무 Prunus mume
2012, 흙 바람 비, 152×272cm

여름이 오면

알알이 열린 매실을 따기 바쁘다.

등하굣길, 출퇴근길 사이사이

한 바구니 담긴 소담한 초록들이

집 곳곳에 자리한다.

매실
나무

더덕 Codonopsis lanceolata
2009, 흙 바람 비, 27×142cm

몹시

작은 뿌리,

해마다 자라나

작은 종을 닮은 꽃을 울려낸다.

더덕

비의 계절

열흘 내내 쏟아지는 여름비.

밤새 거세졌다가 잠잠했다가 하는 빗소리.

책상 옆 커다란 창밖으로

비에 젖은 자두나무 이파리를 멍하니 바라본다.

이렇게 바라보는 비는

편안하고 하염없다.

빗소리가 어둠을 삼키고,

이불을 덮고 잠이 든다.

비가 그치고

선선한 공기 안

새소리와 왕벌의 날갯짓 소리.

풍경 소리.

작은 바람.

짙은 밤

잠이 덜 깬 듯

달그락,

계절이 지나간다.

단풍나무 Acer palmatum Thunb
2011, 흙 바람 비, 67×102cm

저 잎새에

계절 빛이 가득가득하다.

단편적인 기억 너머

잎의 색은 다채롭고 다양했다.

단풍
나무

산딸나무 Cornus kousa
2015, 흙 바람 비, 127×272cm

안뜰,

작고 알알이 영근 열매.

아빠는 딸기 모양을 닮은 산딸나무 열매를 보면

작은 숲에 온 듯하다 했다.

산딸나무

영산홍 Rhododendron indicum SWEET
2007, 흙 바람 비, 127×272cm

F 1

소박하고 포근한 잎.

아빠는 날이 좋은 주말이면 종종

엄마와 농원에 다녀왔다.

작은 묘목이 큰 나무가 되어

몇 해 후 꽃을 피울 때까지

그 긴긴 시간을 품은 마음.

영산홍

오미자 Schisandra Chinensis
2007, 흙 바람 비, 47×113cm

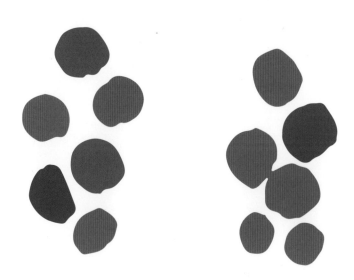

새초롬하니 얄궂게 옹기종기.

오미자

자그마한 방문객.

정원 지킴이.

능소화 Campsis grandiflora
2010, 흙 바람 비, 65×62cm

떨군 잎.

한 조각의 드로잉.

한 조각
능소화

라일락 Syringa vulgaris

2002, 흙 바람 비, 147×192cm

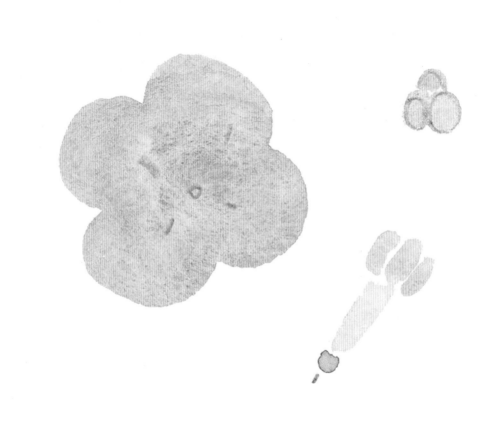

불어오는 봄바람에

라일락 향이 온 집을 감싸고

골목을 누빈다.

라일락

산수유 Cornus officinalis Siebold&Zucc
2007, 흙 바람 비, 357×364cm

연둣빛 산수유 알이 빨갛게 붉어지는 계절.

찬바람 불어오면

알알이 붉은 작은 열매에서 씨앗을 빼고

약재로 차를 끓인다.

산수유

목단 Paeonia suffruticosa
2000, 흙 바람 비, 157×153cm

F 1

"왕관."

명명하다.

피고 지는 모습이 눈에 띄는 목단은

잎을 다 떨군 모습마저 장대하다.

목단

세 번째
다녀간
손님

벗꽃 잎처럼
날리는
나비.

민들레 Taraxacum platycarpum Dahlst
2015, 흙 바람 비, 30×50cm

얄랑거리는

작고 여린 잎.

언제 왔는지 모르는 자그마함.

여기에서 잎을 피우고

다시 또 어딘지 모를 곳으로 가겠지.

민들레

아빠의 작업실

발명가의 연구실 같은 지하 작업실.

그곳에 불이 켜지면,

정원 등과 조형물이 만들어진다.

덩굴장미 Rosa multiflora var. platyphlla
2009, 흙 바람 비, 87×187cm

평화의 섬과

포옹.

덩굴
장미

싸리나무 Lespedeza bicolor Turcz.

2009, 흙 바람 비, 82×134cm

말갛게 푸르무레한 잎.

싸리
나무

도토리를 닮은

작은 등이 하나둘 켜지고

담소가 머무는 곳.

●	F 2

나팔꽃 Pharbitis nil
2012, 흙 바람 비, 7×37cm

축제를 알리는 소리 없는 폭죽.

아득한 여름이다.

나팔꽃

수수 Sorghum

2014, 흙 바람 비, 30×40cm

이 층 끝자리에서 산들산들.

대문 너머 배웅하는 아빠 같다.

수수

네 번째
다녀간
손님

가끔 놀러 와서

한숨 늘어지게 자고 가는

동네 냥이.

깊은 밤의 조각

마당을 덮는 유성들.

하얀 눈 위에 달이 눕고

나무 안에 쉬어가는 밤.

작은 숲의 성좌.

움을 트는 마음.

fruit

열매

record

기록

열매의 기록

191

나오며

누군가를 헤아리려 함은

무릇 그의 시선으로 바라보며

한 사람의 인생을 만나는 일 같다.

우리는 모두 삶이 처음이어서,

서로가 다르고도 닮아

아프기도 행복하기도 하지만,

우리가 존재한다는 것,

곧 사라진다는 것,

그리고 삶의 대양 안에 함께한다는 것을

헤아릴 수 있기를 바라며.

그림지도

ㄱ	ㄹ	ㅇ
꽃사과	라일락	아이비
		영산홍
ㄴ	ㅁ	오미자
나팔꽃	매실나무	
능소화	목단	ㅈ
	민들레	자두나무
ㄷ		
단풍나무	ㅅ	ㅍ
더덕	사철나무	포도나무
덩굴장미	산딸나무	
	산수유	
	수수	
	싸리나무	

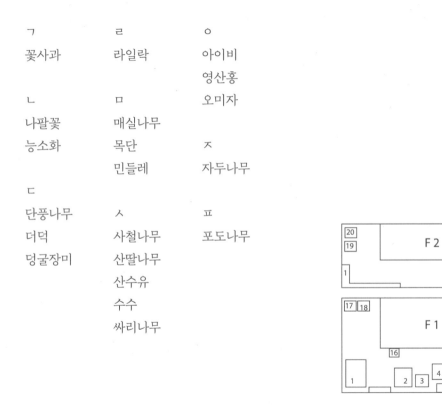

다녀간 손님

ㄴ
나비

ㄷ
동네 냥이

ㅂ
벌

ㅅ
새

아빠의 정원

초판 1쇄 인쇄 2019년 5월 8일
초판 1쇄 발행 2019년 5월 20일

지은이 권송연

펴낸이 윤동희

편집 김민채 황유정
디자인 석윤이
제작처 교보피앤비

펴낸곳 (주)북노마드
출판등록 2011년 12월 28일 제406-2011-000152호

주소 08012 서울특별시 양천구 목동서로 280 1층 102호
전화 02-322-2905
팩스 02-326-2905
전자우편 booknomad@naver.com
페이스북 /booknomad
인스타그램 @booknomadbooks

ISBN 979-11-86561-60-7 00810

○ 이 도서의 국립중앙도서관 출판예정도서목록(CIP)은 서지정보유통지원시스템
홈페이지(http://seoji.nl.go.kr)와 국가자료종합목록시스템(http://www.nl.go.kr/kolisnet)에서
이용하실 수 있습니다. (CIP제어번호: CIP2019015582)

www.booknomad.co.kr

북노마드